문득, 사랑

문득, 사랑

초판 1쇄인쇄 2023년 6월 26일
초판 1쇄발행 2023년 6월 30일

저   자 윤채원
발행인 박지연
발행처 도서출판 도화
등   록 2013년 11월 19일 제2013 - 000124호
주   소 서울시 송파구 중대로34길 9-3
전   화 02) 3012 - 1030
팩   스 02) 3012 - 1031
전자우편 dohwa1030@daum.net
인   쇄 유진보라

ISBN ǀ 979-11-92828-18-3 *03810
정가 10,000원

문득, 사랑

윤채원 시집

도화

초록이 연두에게 속삭이듯

서로의 연약함에 손 내밀며

손 닿을까 싶은 거리에서

서로의 존재를,

존엄을 지켜주는

그 마음으로

나는 오늘도 그대에게

사랑을 말한다

2023년 초여름

윤채원

차례

2부

3부

4부

해설

1부

거룩한 일상

꽁꽁 얼었던 빗장 풀고 한걸음 내디뎠다

아침 해가 기지개를 켜기 시작하자
지난밤 뒤척거리던 파도 사이로
훅, 비릿한 바람이 뒤따라 들어섰다
해변에 늘어선 횟집과 횟집 사이
이방인처럼 내걸린 옷가지와 짭조름한 수건
겨울바람보다 더 시린 고단함이 박제되어 있다
난파선 같은 삶 속에서도 일상이 꼿꼿하다는 것은
어디서든 살아내고 있다는 흔적
해풍이 드나들어 부스럭거리는 몸에는
검은 갯골이 혈관처럼 퍼져 있고
굵은 밧줄에 묶인 배들은 바다를 향해 있다

옥잠화

건들바람 이는 작은 뜰 안에서
그윽한 향기 뿌리며 부푼 얼굴로
서서히 단장을 시작하지

달이 차오르는 깊은 밤이면
낮 동안 침묵하던 푸른 이파리 사이
삐져나온 꽃대 끝에 피어올라
한 생애 뜨겁게 노닐지

구름에 스민 달빛이 부르면 홀로 피어나 분주하던

이른 아침 수줍게 꽃잎 떨구며
너를 향해 멈춰버린 향기,
그 싱그러운

고독한 날의 노래

네가 두고 간 배낭 하나

너의 손때가 묻은 시집 한 권

불현듯 다가오는 낯익은 체취는

조금씩, 조금씩 희미해지는 게 아니라

날로 선명해지는 것이 무섭다

너 떠난 그 자리에 남아

나를 꼼짝 못하게 하는 이 무엇을

기어이 사랑이라 노래해야 할까

연보라로 물들던 달개비 꽃 같은

그 짧은 순간의 인연이 뭐라고

서툰 외로움을 감춘 채 나는

여린 몸짓으로 허우적거리는 것일까

매미 울음 같은 외로움 쏟아지는 여름날

땡볕 아래 피어오른 작은 분꽃처럼

우리의 만남도 까닭이 있었다는

내 구차한 변명을 애써 숨기고

고독한 날의 시집을 펼치고 있다

가을 안부

비바람이 낙엽 위에 내리는 날
알지 못할 슬픔이 맹수처럼 다가왔다
가지에 붙어 떨고 있는 나뭇잎과
온몸의 깊은 통증은 사뭇 닮았다

차가운 거리 뒹구는 초록의 후예들
가슴 짓누르는 먹먹함으로
날마다 야위어 가고 있는 중이다
젖은 낙엽 길 위에서는 나도 한 그루 나무
거친 생을 밀면서 달려가느라
끝없이 바스락거렸던 시간이었다

푸르름의 날들
온통 갈색 옷으로 갈아입고
점점 허룩해지는 나의 안부와
쓸쓸한 거리가 한 몸이 되어간다
온기를 잃고 차갑게 식어가는 중이다
작은 창가에 내리는 별빛도 달빛도

우이령을 걷다

이름 모를 풀잎 향 머금은 그 길을 걷는 동안
싱그러운 바람과 귀를 간지럽히는 새소리는
먼 기억 속의 너를 불러내
작은 꽃잎을 열어 제 향기를 온통 내맡긴다

호수 담은 하늘에 겨우 매달린 여러 개의 구름
오래전 사랑에 서툴렀던 그대와 나처럼
만나고 헤어지기를 반복하며
가을은 순조롭게 깊어간다

마음 연한 이들에게 위로가 되는 좁은 길 위로
늘어진 그림자와 보폭을 맞추다 보면
조심스레 스며들던 외로움의 무게는
점점 야위어가는 햇살과 길게 눈 맞춤을 한다

오지 않을 사람을 그리워하는 것보다
더 서럽고 낯설어지는 것은

물기 가득하던 열정의 시간과 풍경들 너머로

다시 사랑에 빠진 나를 발견하는 일이다

낯선 봄은 우리에게

혼돈의 담벼락에 내걸린 통증은 깊다

기색 없이 다가온 네 곁에서
꽃들은 몸을 흔들며 피어오른다

반짝 환희였다가
이내 슬픔이 되고 마는
저, 고운 빛들

노래를 잃어버린 새들
꽃망울이 터지지 못한 영산홍
향기를 잃어버린 계절
인사를 잃어버린 사람들

봄 속으로 떠나는 나들이를 기다린다

4월의 무심천에서

안개 자욱한 거리를 걷다가
봄비를 맞고 떨어진 무심한 꽃잎 속에서
당신을 보고 뒷걸음쳤지
처음인 듯 나를 뒤흔들고
숨죽였던 육체를 깨웠지
무거운 슬픔으로 짓눌린 시간들은
손끝에 스민 달콤함을 거절하지 못한 채
스러져가는 저 꽃잎처럼
휘발된 하루와 사랑을 시작하고

유월에 비가 내리면

빛 고운 날에는
잿빛 하늘을 가슴에 품고
소나기를 기다리는 사람이 있다
따스한 햇살 한 조각 오려내어
그 사람 품으로 안겨보지만
땅속 깊이 안개로 스며드는 서러움에
안부마저 묻지 못하고 서성거린다
유월에 비가 내리면
맨몸으로 거리에 서 있는 그를 위로해 줄
적당한 언어를 찾아 헤매다
보름달이 차오르면 서럽다는
뜬금없는 말을 뱉는다

어느 날, 풍경 속으로 걸어갈 때

풀벌레 울음 끝에 걸린 초가을
시냇가 물오리 한 쌍이 평화롭다

풀잎에 맺힌 이슬을 툭 치듯
남루 한 자락에 스치는 바람 소슬한데
나무토막처럼 서 있던 왜가리가
미꾸라지 한 마리를 낚아챈다

우이천, 소가 귀를 씻은 물
그 온전한 평화를 깨뜨린다

서녘 하늘에 붉은 커튼 드리우고
반짝이며 흐르는 물소리 끝에
어슬렁거리던 어스름이 번지기 시작한다

울음도 말라버린 짝 잃은 반달과 함께
천변 엉겅퀴는 어둠 속으로 어깨를 숨긴다

그대가 내게로

너를 잃고

깊은 상처에 눈물 마를 새 없지만

시 한 편 건졌으니 잊기로 할까

너를 버리는 일은

나를 깨뜨리는 일보다 더 아린 일

한 번쯤 되돌아볼 흔적이라 믿기로 할까

훔쳐내던 나의 눈물이

그대 가슴으로 흘러

꿈결에라도 달려와 준다면

그대 닮은 우직한 나무 한 그루 준비하여

푸른 잎들 피워내리

그대가 내게 오시는 날

빛 고운 햇살 부여잡고

살며시 안기리라

중랑천을 걸으며

먼 곳에 걸린 흰 구름이 몰고 온 낯선 바람
쏟아질 듯 울어대는 풀벌레 소리
천을 따라 평화롭게 노니는 물오리 떼

말장난에 미소만 내어주던 나를 기억하는지
개울가에 나란히 앉아 익숙한 날들을 내던지며
서로를 확인하던 시간을 불러내고 싶어

개울물 흐르는 소리 따라
물이 내는 파장이 흐르면

네 심장에 깊이 저장된 나를
잠깐 꺼내어 너에게 보여주고 싶다

청령포에서

신록 진저리 치는
여름 한낮
열일곱 빛바랜 그의 어복이
덩그러니 소나무에 걸려있다

노구의 관음송이 눈을 감고
비스듬히 서서
속내를 알 수 없는
서강*을 토닥이고 있다

* 평창강과 주천강이 만나는 영월군 한반도면 옹정리부터 동강
  과 서강이 만나는 영월읍까지를 말한다

아버지의 시

팔십 고개를 눈앞에 두고 시를 쓰셨습니다

단 한 번도 시 나부랭이를 배워본 적 없지만

인생의 통찰과 삶의 궤적을 살피며

예리한 눈초리로 적어 내려간 인생살이

단 여덟 줄로 담백하게 담아냈습니다

버텨 온 자신이 대견하다던 아버지

물기 가득한 눈으로 그 시간을 상상해봅니다

왈칵거리는 마음의 빗장 열고

팽팽한 줄 위에서 노니는 현의 울림에

몰입하기로 마음을 먹었습니다

2월 그대

차가운 심장을 품고도

간절히 그대를 기다리는 까닭은

바람결 따라 흔들리는 가지 끝으로 다가올

봄날을 기억하기 때문이다

스산한 겨울 산을 겨우 견디면서

먼 곳을 향한 눈길 차마 거두지 못하는 것은

그렇게 몇 날을 더 외롭게 보내면

연두로 물들 세상을 만날 수 있기 때문이다

꽁꽁 얼려버렸던 날 선 바람은 간데없고

처마 끝 낙수를 헤아리는 동안

먼 길 돌아 소리 없이 왔다가

바람처럼 달아나는 그대

봄이 뚝뚝

몇 차례 지나가던 봄비에
맨몸을 적시는 꽃잎들
가지 끝에 매달린 저 눈물들
서로 사랑한다면
언제라도 봄날이라 속삭였던 시간이
흐릿해지기 시작하자
바삭한 햇살과 함께 연초록도 짙어지고
가슴 한편에 싹을 틔우던
봄도 뚝뚝 떨어지는 중이다

방학동 은행나무

사그랑이 취급을 당해도
계절과 사람 사이에서 정직한 나무는
스쳐가는 바람 한 점도 흘려보내지 않고
멀리 있는 햇살까지 끌어들인다

신비함을 듣고 찾아온 젊은 남녀가
경외를 벗고 실망한 채 돌아서지만
위태로운 모습으로 자리를 지키는 노목은
버무린 차가운 시멘트에게 심장을 내어준다

어지럼증 받아 낼 시린 지팡이
사방으로 짚고도
오달진 품위를 지켜줄 생명 돋우려
여전히 나볏하게 숨구멍을 열고 있다

가난한 11월에 대한

가을비는 소나기처럼 세차지도 못하고
암사내처럼 쭈뼛거린다

단풍에 지쳐 구멍 뚫린 뼈들은
낡아진 코트 자락의 주름처럼 상처로 가득하고

스스로 헐벗어가는 나무는
화려한 도시의 쓸쓸한 배경이 되어간다

깊은 생채기들은 문 앞에서 서성이다
사라지는 계절 속으로 몸을 밀어 넣는다

2부

배롱나무

한여름
짙어가는 초록이 안기어오듯
살포시 스며든 사람이 있다
조롱조롱 꽃망울 열리는 수줍은 시간
시나브로 붉어지는 꽃무리를 바라본다

제철을 맞은 저 나무
신열 앓듯 홍조 띤 배롱 꽃
잔바람 간질간질 흔들 듯
애타는 마음 차마 덮어두지 못하고
폭풍 속으로 들어서고 만다

담장 너머로 붉게 솟아올라
석 달 열흘 피고 지는 여린 꽃잎은
배시시 수줍게 웃던 그를 닮아 애처롭고
떠나간 님 그리워한다는 꽃말이 파고들어
잔주름으로 상처를 감춘 네 곁을 서성인다

사연이 내리는 어느 날

오전의 눈은 쓸쓸함의 무게를 더한다

안부를 묻고 싶어 우두커니 하늘 올려보다가 시선을
거둔다

저 분분한 눈발은 어디로 스며드는 걸까

분명 사연이 있을 것이다

게으른 고양이 일행을 어슬렁거리게 하고 까마귀도
노래하게 만드는

붙잡아두려 하자 내 눈에서 내 가슴에서 내리는 뜨
거운 눈

가을나무

가려진 잔가지들 사이로
가쁜 호흡 내뱉으며
담담히 견디던 너의 몸에서
단물이 차오르는
그 순간을 기억하는 일은
행복이다

한때는 연초록으로
나무를 꿈꾸었다가
아쉬움을 두른 채
기울어가는 저 노을처럼
아직은 때가 아니라며
점차 조급함을 내보이는 일은
반가움이다

보리수나무 아래서

가지마다 촘촘히 열린 보리수 열매는
시간을 재지 못한 새들의 일용한 양식이자 만찬
눈물 젖은 붉은 열매를 부지런히 둥지로 가져왔다

무심한 아버지를
기다리며 눈물 쏟아내던
오래전 엄마, 엄마

영원히 사랑하며 살자던 아버지
엄마의 그늘이 되어주지 못한 채
죽음을 짊어지고 버거운 시간을 놓아버렸다

수종사의 봄

가파른 운길산 중턱 흙계단 너머 아름드리 은행나무 긴 세월 묻어온 사연을 물안개에 감추고 반가운 인연을 포근하게 감싸 안는다

먼지 나는 흙길마저 반가운 그곳엔 이름 모를 산새가 풍경보다 친근하고 뿌리를 드러낸 앙상한 겨울나무 가지 끝에는 수종사의 봄이 가득하다

곳곳에 마주치는 앙증맞은 돌탑 지나간 인연들의 안부를 묻고 세월을 품어 빛바랜 산사의 귀퉁이에 덩그러니 놓여있는 너는 누구인가

낙엽을 쓸며

켜켜이 쌓인 서늘바람이 휘몰아 간 틈새로
잠시 양광이 고개를 들면
본향으로 서둘러 돌아가기 위해
서슴없이 벗어 내린 너의 옷가지들을
무심하게 끌어안는다

찬란한 세상에서 삼삼오오 분주하던 생生들은
햇살 얇아지는 가을 끝자리에서
겸허한 가벼움으로 지나온 시간을 추모하자
아직 물기 있는 몸으로 돋아나던 달콤한 손길
무색함으로 서서히 고개를 떨구고

시간 속에 갇혀 무심해 보이는 등 뒤로
익숙하던 햇살을 애써 감춘 채
빛바랜 너를 잊으려는 마음에 기대어
바닥으로 스며든 너의 체취를 들척거리며
다시 찾아올 푸른 생을 기다린다

동구릉을 거닐다

투덜거리는 몸 달래며 신의 정원으로 들어섰다

아홉 기의 왕릉을 품은 조선의 역사를 향해
느린 걸음으로 걷는 소리길 따라
미소년의 잘 여문 소리 한 자락과
대금의 애잔한 울림이 발목을 잡는다

쪽빛 하늘 머리에 가득 이고
가마로 오가던 소나무 병풍길
600년 넘도록 신전으로 머물던
억새 입은 건원릉이 눈앞에 있다

사랑과 영욕의 세월도
삶과 죽음의 적막 속으로 사라져
죽은 자와 산 자를 이어주는 통로가 되었다

역사의 정원을 거닐다 보니

당당하고 늠름한 무인석의 기세에

먼지 같은 나의 번뇌는

청량한 바람과 함께 부서졌다

구둔역

너를 만나러 가는 길
무리 지어 피어난 코스모스가 있고
햇살로 무르익어가는 마을 입구에서
너와 다정하게 걷던 그 길을 오래 기억하고 싶다

열정의 시간이 멈춰버린 간이역
오지 않을 사람을 기다리는 은행나무와 향나무
셔터를 눌러대는 연인의 미소가 눈부신
그리움과 기다림이 교차하던 녹슨 선로 위

오래전 뜨거운 눈물을 기억하던 낡은 의자에 앉아
너의 호흡소리를 엿들으며
바람으로 다가와 길게 입 맞추는 저녁
잠시 붉어졌던 석양은 이내 눈을 감아버린다

구둔 굳은 구둔 굳은
너를 향한 굳은 마음이
서서히 녹는 시간

모노드라마

고요해서 더욱 은은해지는 강가에서
정갈함이 묻어나는 쓸쓸함을 만나고 싶어

어둠에 대한 두려움이 사라진 지 이미 오래
강물 소리에 귀 기울이다
먼지가 되어 날아다니던 시어들을 붙잡고
수줍어하던 날들이 내게도 분명히 있었지

나만을 위한 시간에
영감靈感이 내 곁을 떠나 북받쳐오는 날에도
나를 아프게 했던 그 사람을 용서하고
내가 아프게 했던 그 사람이 날 용서할 수 있게
초연하게 달려가고 싶은 날이지

세상과 세상 사이엔 바람이 불고
세상과 세상 사이엔 내가 있고

달빛이 스며드는 강가를 거닐고 있어

스스로 숨은 꽃이 되어

꽃이 사랑을 대신할 수 있는지
꽃이 누구를 대신할 수 있는지

빛바래져 가는 나는
고개 숙인 채 비늘 떨구다가
숨겨두었던 향낭을 열어
당신에게 가는 중이다

사람들의 시선 벗어나
옛사랑에 아파하는 그 마음 위해
거꾸로 매달린 채 메말라간다

비쩍 말라진 내 몸을 움켜쥐는
당신의 뜨거운 손길
그 순간을 가끔 상상해본다

꽃의 영화를 던져버린 나는

지치고 젖은 몸으로 그대가 온다면
기꺼이 두 손 내밀어 품어 주리

내가 아픔을 대신할 수 있는지
내가 위로를 대신할 수 있는지

환절기

봄날 벚꽃처럼

잠깐 스쳐간 사람

저물어가는 계절의 안부를 묻는다

시린 바람을 타고 뒹구는 낙엽의 무리 속에서

어떻게 나를 생각했을까

혼자만의 시간 한 편의 시를 줍듯

나를 깨워 올린 것일까

가늘게 눈 뜬 가을볕 틈새로

흔들리는 저 여린 풀과 꽃들은

머물다 그냥 사라지는 것이 아니라

경계를 넘어 다른 생으로 돌아온다는 것

아직도 낯선 절기 끝자락

감사의 마음을 꽃씨처럼 날려 보낸다

바다

바다가 보고 싶은 날
한 걸음에 달려갈 수 없는 나는
바다로 가는 대신 그 섬을 다녀온
어느 시인이 쓴 시집을 찾아 들었다
굳이 가보지 않아도 그 곳엔
하루쯤 머물고 싶은 슈퍼 민박집이 있고
대나무 숲속에 도요새의 발자국들도 있다
하얀 파도 너머로 사라져 가는 일몰을
눈물하나 흘리지 않고 바라보다가
폐가를 위로하는 한적한 바닷가
노시인이 맨발로 걸었던 그 길에 서서
시집 속 낯선 풍경들을 숭늉 마시듯 꿀꺽 마셨다

제비꽃

꽃바람 가득 품은 초록
온몸으로 스며든 후에도
여전히 너를 잊지 못해
일평생 키 작은 보랏빛

빈 의자

순간을 머물다 길게 저물어 간 사람
산다는 것은 나를 버리고 너를 받아들이는 일
사그라지면서도 그대 안에 머물고 싶어 시선을
거두지 못한다
낯선 세상으로 이끌어 나를 고운 꽃으로
피어나게 한 당신
찬란했던 그 시간은 그리움으로 물든다

서서히 잊기 위해
나는 그대를 덜어내고
그대는 나를 흩어지게 해야 할 일

먼 훗날
첫눈을 안고 소리 없이 내게 온다면
그대 내게로 와 준다면

봄날을 보내며

주눅 든 하늘 아래로
붉은 장미꽃이 걸어 다니는 오후
여러 모양으로 가시 돋친 언어를 통해
무수한 존엄과 날카롭게 마주한다

꽃봉오리로 떨어진 봄날의 아이들
그 봄부터 세한을 사는 서러운 어미, 어미들
눈물은 비가 되어 흐른다

복사꽃처럼 환하게 웃던
너의 세상으로 들어서지만
기억하겠다는 다짐은 먼지처럼 허공을 떠돈다

시간을 따라 불현듯 열리는 시간 너머로
반짝이는 별로
분홍빛 복사꽃으로
붉은 장미로 세상을 비추며

한 자락 바람 되어 자유로 날아올라라

문득, 사랑

하늘은 침묵을 깨고, 봄비는 내리고, 온 산야를 충
동질하고, 꽃봉오리 수줍게 흔들고, 꽃은 피어오르고,
사랑은 시작되고,

3부

겨울나무 1

새들도 자리를 떠나고
바람 소리만 맴도는 텅 빈 숲
거친 눈보라 온몸으로 거두며
까칠한 맨살로 제자리에 서 있다

누군가를 그리워하는 일은
시린 몸으로 기다림을 끌어안거나
빈 가지 끝에 걸린 삭풍을 다독이며
침묵으로 드리는 정직한 기도

바람길 아래 언 땅속으로
고동치는 숨길을 애써 숨기며
그대 떠나간 그 자리에서
말없이 서 있다

가여운 바람

아직도 그 자리에 머물며
희미해지는 것이 아니라
두려울 정도로 선명하게 다가와
나를 흔들고 지나간다

폭풍보다 더 세찬 걸음으로 밀려와
허우적거리는 날 비웃으며
멀어지는 침묵으로 대답을 한다

침묵의 언어는
어떻게 멈추어야 하는지
잊을 거라고 생각하며
서로가 서로에게 배웅을 한다

치자꽃

지난밤 그만의 사랑을
그윽한 향기로 잠시 품었다가
고고히 사라지는 그 여자
나는 그녀의 슬픔을 모른다
겹겹의 옷깃마다 감추고
온몸으로 물드는 슬픈 꽃, 멍,
차마 두고 볼 뿐이다

잡초

당당함을 상실한 사람들은
척박한 곳에서도 건재한 너를 보면 눈길을 피하지
봄, 여름, 가을 그리고 겨울이 와도
고개 숙이다가 다시
꼿꼿한 네가 두렵기 때문이지

여린 바람에도 누워버리고
색색의 꽃봉오리로 무장한 무리들
방치된 담벼락 한 귀퉁이에서도
생명을 틔어내는 너의 용기에 침묵하는 것은
여전히 당당한 네가 두렵기 때문이지

깊고 푸른 밤의 발자국

사방으로 펼쳐진 청보리밭 너머
넘실대는 파도가 거친 숨을 내쉰다

뭇별을 입고 슬며시 들어서는
가파도의 깊고 푸른 밤은 환하다
바다 할망의 고단한 한숨소리는
슬픈 전설이 되어 흐르고

바다를 사랑하여
아니 바다를 사랑했던 남자를 따라
보라색 낮은 지붕 아래로 내려앉은 여자는
바닷물로 절여진 시간을 짓느라 잠 못 든다

낮은 돌담 아래로 부서지던 달빛
정갈한 설움만 점점 길어지고 멀어진다

다시, 섬 속의 섬으로 웅크리고 앉아있다

여름 숲에 들다

여름 끝자락

가늘어진 햇살을 이고 숲속으로 들어서니

욕망을 갈망하는 매미소리는 세차고

이끼 입은 기둥마다 초록그늘이 매달려 있다

여름 한 철,

평범한 일상에 대롱거리며 살다가

바람결로 부르는 인정에 기대어

살금살금 여름 숲으로 스며든다

두 팔을 벌려 반겨주는 너의 미소와

작고 여려서 소중한 것들은

햇빛이 빗겨 난 그늘에 있으니

너의 시선을 끝내 잡아야겠다

경의선 숲길에서

보랏빛 아이리스 가득한 실개천 옆으로
오래전 열차가 다녔다는 은행나무 숲길은
신록으로 물들어 가는 중이었지

심장소리가 수줍던 그날
담장 위로 피어오른 붉은 장미와
말없이 하늘을 올려다보던 너를 기억해

봄비를 기다리며 홀로 서성거리다
무채색 셔츠로 떨어지는 빗물 툭툭 털며
언덕 위 그 찻집에 오래도록 앉아 있었지

아껴두었던 그 길을 느리게 걷다 보면
푸르게 미소 짓던 너를 만날 수 있을까
은행나무 숲길이 삼켜버린 녹슨 시간을 걷고 있지

사랑이라는 또 다른 이름으로 다가올 때

처음에는 새털처럼 가볍게
얼룩진 마음을 숨긴 채 거칠게
정체 모를 혼란을 앞세워 다가온다

흔들리던 거리의 풍경을 정지시키고
감정조차 술 취한 사람처럼 비틀거리게 온다

두 눈을 감은 채 스며들기를 기다리면
소리 없는 아우성으로 서성이며
사방의 먼지가 되어 허공을 맴돈다

서러움 묻어나는 검은 눈물방울은
굵은 폭설로 내리는 중이다

산벚꽃나무

흐려진 하늘 아래 바람조차 인색한 시간
홀로 솟아오른 산벚꽃나무 아래 서 있다

그곳에는 진달래 목련보다
당신이 먼저 내게로 걸어왔다

나를 생각하는 것이 당신의 기쁨이라던
오래전 그 말이 궁금해지고
당신을 향한 안개 같은 마음을 접어
나뭇가지에 홀로 앉아 있는 새에게 눈길을 건넨다

기다리는 일에 이미 익숙해진 나는
수많은 열정을 품고 있는 당신이
미세한 바람의 결을 타고 달아나버릴까
여전히 조바심으로 일렁인다

지금 내가 할 수 있는 몸짓은

두근거리는 심장으로

산벚꽃잎 가득 피운 나무에게 시선을 주는 일이다

낮잠

햇살이 넘쳐나는 거리에서
떠도는 바람 소리가 거친 날에는
너에게 그리움이 사는 곳을 묻는다

너의 안부를 물을 때
네가 나의 안부를 묻는 것처럼
메아리가 되어 내게로 쏟아져 내린다

모든 절정이 지극히 짧아서 달콤한 것처럼
가녀린 한숨 끝에 잠시 햇살을 빌려 나온
다정한 너의 미소를 마주한 순간

난 이미 너의 존재를 던져버린 뒤였다

눈물

창문을 두드리는 빗방울이 다정하다

오래전 그대 목소리를 닮아

익숙한 눈길이 반복되고

떠나버려 비어있는 그 자리엔

생채기로 대롱대롱 매달린 통증이 머문다

그대의 주변을 맴도는 침묵은

더는 볼 수 없는 긴 그리움으로

빗소리 끝으로 따라온 낯선 숨비 소리에

눈물은 뚝, 뚝,

그녀의 방

밤 열 시가 되면
하루의 삶이 고단한지
그녀는 바람 소리를 낸다

붉은 살점의 쇠고기 한 덩이
물기 잃은 갈치 몇 토막이 며칠째 엎드려 있는
서너 칸으로 나뉜 어두침침한 방

쪽마루 햇살 머무는 주방 한구석
전깃줄에 몸이 묶인 채 주방을 지키지만
단 하루도 쉬거나 외출을 꿈꾼 적 없다

아침이면 투박한 항해를 시작하는
뭇사람들의 소모성 욕망을 덧입히기 위해
손 바쁘게 방문이 열리고 닫힌다

어디선가 가을바람에 낙엽 끌리는 소리가 들리면

고개를 돌리지 않아도

어둠 속 시계의 시침은 열 시를 가리킬 것이다

능소화 연가

폭염을 머리에 이고
실가지를 늘어뜨린 채
담장을 타고 올라
그리움으로 물들어버린
너

더 가깝게 네 숨결 느끼고 싶어
멈춰 선 그 자리에서 가만히 손 내밀면
차마 떠나지 못하고 바람결 따라
툭, 툭, 꽃으로 눈물을 대신하는
너

오후 세 시

먼 하늘 끝에 걸친
양떼구름을 향해 달음박질을 시작했다

너의 경직된 미소를 알아차린 후
뜨거운 정오를 겨우 빗겨 나와
너의 부재를 인정하였다

오지 않을 너를 기다리던 무모함
기세를 잃고 희미하게 멀어져
빛바랜 화석이 되었다

시간의 덫에 걸린 젊은 날
너를 향해 온전히 안기기 위해
주저하지 않았던 그 열정

그 날의 오후 세 시는 기억될 것이다

첫눈 오는 날

오늘만 기다렸지
첫눈 오는 날 만나자던
그 말을 가슴에 품고
하루를 일 년처럼
첫눈이 오기만 기다린 거야
첫눈에 기대어 안부를 묻고
솜털처럼 가볍게 달려드는 눈송이가
시린 얼굴 위로 포개어지듯
너에게로 달려가 녹아들고 싶은 거야

오늘만 기다렸지
첫눈 오는 날 만나자던
그 말에 기대어 서서
일 년을 하루처럼
네가 오기만 기다린 거야
첫눈에 기대어 마음을 건네고
차디찬 거리에 누워 물기 지우지 못한

시린 서러움이 어둠을 지나치듯

너에게로 다가가 물들고 싶은 거야

3월 풍경

먼 창밖으로 존재하는 하늘이 경쾌하다
서로를 구속하지 않고 길을 내어주는
바람의 흔들림이 부러워
사선으로 부서지는 햇살을 안아본다

더러 오가는 길 언저리에서
그대 시선을 잡아두지 못하는
메마른 내가 낯설어
곁가지 맴도는 바람에게 서툰 눈길을 보낸다

꽃바람이 반가운 3월의 시작
무심해 보이는 저 풍경 속에는
숨겨진 초록씨앗이
반쯤 뜬 눈으로 손짓을 기다리고 있다

걷는 남자

멀리 장대비 사이로
제 몸보다 더 높게 쌓아 올린
눅눅한 일상을 묵묵히 끌고
한 남자가 어제처럼 걷고 있다

가로등이 환하게 커진 건너편에서
우산을 받쳐 들고 산책하던 다른 사내는
위태로운 그 걸음을 길게 바라보다
이내 그 폭우 속으로 들어섰다

두리번거리며 고단하게 살아내느라
해진 생의 무게가 눈물을 흘리자
고개 숙인 수레를 천천히 밀던 사내는
빗속을 걷는 남자의 흐린 세상에 색을 입힌다

나의 9월은

간절한 기다림을 기억하고
새벽이슬로 다가선 그대가 반갑다

지독한 열꽃을 피워낸 계절은
온몸을 달구던 시간의 무료함으로 밀려나
금빛으로 물든 그대를 기다리는 이유는
이리저리 흔들려 좁아진 마음과
신열로 무너져 버린 나를 조금씩 세우기 위함이다

청명한 하늘 아래 알알이 익어가는 빛 고운 열매와
그윽한 들꽃향기 피워내는 세계를 사랑하기 때문
이다

푸른 하늘과 다정한 바람을 입은 투명한 햇살은
우리의 시선 속으로 들어와 우주를 성숙시키고
사람과 사람 사이에 흐르던 이기심 벗겨내
우리를 한층 평화롭게 세운다

4부

새해

택배가 도착했다
정월 초하루 시린 바람 사이로
불현듯 날아온 선물
꼭꼭 싸맸던 어둠을 풀자
그믐밤 건디었던 겨울새들이
총알처럼 튀어 오른다

새해 종합 선물세트
상자 안을 가만히 들여다보니
꿈이라는 소프트 캔디
내일이라는 희망이 가득하다
아무런 준비도 없이
내가 이걸 받아도 되는 걸까

겨울나무 2

잿빛 하늘 아래 웅크린 햇살에 기대어 맨몸으로 우뚝 서 있다 온몸을 치고 지나가는 바람 속으로 당당함을 품고 있지만 이따금 내보이는 당신의 슬픔에 나는 끝내 눈물이 고였다 하나 둘 앙상한 나뭇가지를 호위하는 당신의 사랑이 안타까워 나는 침묵하는 연초록 시간을 흔든다

빈 길

외로움과 적막이 가득한 흙길
문득 스쳐 간 그 사람 속내가 궁금한 날
문밖으로 서성거리는 햇살 한 줌 낚아채
낡은 외투 주머니에 꽂아둔다
조심조심 걷다 보면
배고픈 햇살은 온기를 부르고
키 작은 나무를 지나가며
짙은 숲이 내어주는 품속으로 들어선다
산 그림자 길게 들어앉은 텅 빈 그 길

봄비

이울어가는 봄날을 위로하듯
사방은 빗소리로 가득하다
꽃향기에 밀린 서러움 잊으라고
온몸으로 먼저 스며드는 풀잎의 향
하늘하늘 실바람 멈춰 세우고
스멀스멀 밀려들어와 온 우주에 뿌린다
늦게 핀 꽃들도 환하게 미소 짓는
밀물져 들어오는 저 신록들
나의 몸을 적시고 흔들리는 연둣빛

매우梅雨

간절히 기다리던 손님
7월 장대비로 들이닥쳤다
후드득―
벨 소리에 맨발로 뛰어나가
건조해진 입술과 두 손
가만히 내밀어본다

뜨거운 구애 끝에 만나는
긴 포옹과 입맞춤
진하게 풍기는 흙냄새마저 반갑고
직선의 몸짓이 빚어낸 여러 개의 우물
젖은 하늘 길게 올려다보니
먼 길 떠난 얼굴들이 하나둘

지루한 몸짓에 간절함 담아
서로에게 스며들기 주저하지 않고
진종일 울어대는 저 서러움

내 속의 그대 안에

부드럽게 추락하여 길게 눈 맞춘다

매실 열매가 익는 절기에 내린다는

梅雨, 이름값 제대로 하고 있다

아버지, 나의 아버지

모진 세월 떠돌며 발길에 차여도
외로움에 점령당하지 않고
새하얀 꽃술 매달았다

사방이 무채색인 병동
낡은 침대에 갇힌 한 그루 망초
병색 짙어 누렇게 바랜 잎은
죽음을 카운트하고 있다

잡초로 내몰려도 좋으니
햇발 한번 제대로 받고 싶어
바짝 마른 손을 내민다

개망초라는 이름이라도
누가 한번 불러주오
거기 누구 없소?

거기
누구
없소
?

거
기
누
구
없
소
?

그 여자의 노래

비누의 언어는 거품이다
함부로 제 속을 내보이지 않는
세상의 모든 거품을 헤집어보다
고통으로 방울이 되어 날아간다

공덕을 쌓듯
기꺼이 한 올 한 올 자신을 풀어내어
거친 숨 몰아쉬던 수행은 언어였다

밀폐된 공간에서
당신의 시야를 벗어나지 못하고
야위어가는 몸에 상처를 밀착시켰다가

자유를 노래하며 방울방울 날아가 버린
날이 갈수록 얇아지는 몸을 열어
일순간의 환희로 부르는 거품의 노래

8월에게

온종일 사선과 직선을 그어대던
긴 비 그치자
다급하게 쏟아져 내리는 태양
서서히 드러나는 너의 실체는
매섭게 다가와
일순간 세상을 정지시키고
열대야 속에서
철들지 못해 배를 비비던
매미들은 진저리 친다
너의 침묵 앞에
나무와 나무 사이의 텅 빈 시간은
진초록 숲으로 법석거리는데
느닷없이 다가선 너는
서성거리며 흔들리는 나를 향해
설익은 미소를 보낸다

충동에 빠져들 때

근질거린다는 것은 살아있다는 증거다

연초록 보슬비와 햇살을 부추기는

온 산야를 뒤흔드는

잠든 영혼을 일으켜 세우는

꽃향기를 피워내는

바람 한 점으로

생명을 잉태시키는

침묵으로 유혹하는

우주를 소리 없이

타오르게 하는

봄이다

The 7−year itch*

멀리 새벽이 기지개를 켜며 일어선다
흐린 얼굴로 달려드는 몸짓이 서툴고
마른 바람이 바스락거리며 옷깃을 스칠 때마다
건조한 그녀의 밀어는 위태롭고 서럽다

빈 몸으로 서 있으면서도
당당하고 기품이 넘치는 당신은
우뚝 선 겨울나무를 닮아있다

사랑도 이별도 아닌 어디쯤에서
잠시 머물던 새들은 날아가 버리고
빈 둥지 품고 숨죽이던 허룩한 나무는
온종일 어색한 미소만 쏟아낸다

지친 너의 표정 위로 쏟아지는 긴 현기증
꿈속을 거닐다 부서지는 기억의 잔상들
서러움은 깊어가고 더 이상 사랑은 없다

*권태기

첫사랑

처음이라는 이름이 달린 모든 것들
폴폴 먼지처럼 날리던 어설픔
풋사과 같은 풋사랑 같은
맥없이 흔들리던 날이다

잎새의 말 없는 추락은
열병을 앓게 했고
너만을 기다려 온 나에게
처음이라는 이름 안에 갇힌 설렘조차
찾아볼 수 없다

봄이야

꽃망울 아롱거리는데
왜, 너는 말랑거리지 않는지

나뭇가지 위에서 실눈 뜬 연초록
햇살이 건네는 다정한 바람의 결

고개를 살짝 들어 봐
봄이야, 아직 어린 봄이야

김수영문학관에서

당신과 무언의 눈인사를 하고
액자 속 파리한 얼굴에 손 키스를 날립니다

세상의 비열함에 열변을 토한 당신처럼
낡은 세상을 향해 소리치지는 못했지만
마음과 몸 아파한 적은 있습니다

정갈한 영혼이 담긴
투명한 유리관 안에서
빛바랜 원고지 빈칸에 머무는 게 서러워
침묵하는 당신에게 말을 합니다

당신이 그토록 갈망했던 자유는 어디 있는지
당신을 대변하던 지성과 용기는 어디 있는지
긴 탁자와 재떨이의 먼지를 털며
어지러운 현실을 고뇌하던 당신을 불러봅니다

하루에도 몇 번씩

당신이었다면

당신이었다면

침잠하는 세상을 향해 어떻게 분노했을까

불의에 침묵하는 무리를 향해 어떻게 풀어냈을까

시여, 침을 뱉으라는

당신의 목소리 그리운 아침입니다

강아지풀

어미 개가 되려면 아직 멀었을까
여름 한철 지천으로 뿌리내리지만
아직 너는 강아지, 강아지, 강아지
잔바람에 머리 흔들며 설운 마음 감춘다

바람결 하나 상처 주지 않으며
질긴 억새의 언어로 풀꽃을 노래하지만
누구 하나 예쁘다 불러주지 않는
가엾은 강아지, 강아지, 강아지

저 홀로 솟아오르지 않는다
세상 낮은 곳 호흡하다가
발 빠르게 달려온 가을 문고리 잡고
없는 듯 묵묵히 스러지는
지상의 작고 아픈 이름 하나

광장에서 우리는

어둠을 밝힐 수 있다는 믿음으로

하나둘씩 재촉하는 발걸음

우리가 되어 행진하는

불꽃의 입술들

여름이었다가

겨울이었다가

광장의 주인으로 선 우리

시대의 주인으로 살기 위해 뜨겁게 점화한다

어둠은 빛을 이길 수 없고,

비정상은 정상을 이길 수 없고,

촛불이 꺼지지 않는 한 죽지 않는 진실들

작은 불꽃들의 노래가 퍼져간다

촛불을 든다는 것은 살아있다는 증·거·

어느 가을에

서로 다른 길을 서두르는 그대 등 뒤로
말라버린 나뭇잎은 찬 서리에 시리다

흐릿한 하늘을 이고 거친 생을 밀어내느라
호수처럼 맑았던 당신의 푸른 생은
지난날의 상처로 먹먹하게 흘러버렸다

생기를 품고 어깨를 고쳐 세우던 명료함을
단숨에 잃어버린 그대의 낯빛은
빈 거리의 쓸쓸함을 꼭 닮아있다

별빛도 온기를 잃고 눈물 흘리는 이 밤
등을 내보이는 그대를 다정히 불러본다

우리는 그를 담쟁이라 부른다

스토로브 잣나무 숲

임도林道를 벗어나
잡목 사이 작은 바위 끝자락
냉큼 올라앉아
낮게 포진하며
세계를 열어가는 초록의 무리들

볕뉘로 떨어지는 한 줌 햇살에 기대어
분주하게 전진하는 너의 부르튼 손
미세한 통증에도 나는 말이 많다

스토로브 잣나무 숲
바위틈에 기대어 가느다란 손목으로
저 경계 너머의 생을 향해 오르는
거침없는 너의 강인함이 눈물겹다

해설

풍경 속의 사랑, 사랑 속의 정경

임지훈(문학평론가)

누군가는 사랑을 대상에 대한 마음이라 말하겠지만, 나는 그렇게 생각하지 않는다. 나에게 있어 사랑이란, 인간이라는 유한한 존재에게 있어 좀 더 근원적인 것이라는 생각이 든다. 세상에서 무한에 가깝게 살아가는 생명은 없다. 그러니 곧 살아있다는 것은 유한하다는 말과 가까운 말이 되고, 모든 생명은 언젠가 끝을 맺는다는 이야기가 되기도 한다. 누군가는 사랑을 이러한 유한한 존재의 필연성에 기대어, 무한히 존재하기 위한 방법이라고 이야기하지만 나는 우리의 사랑이란 그보다 좀 더 근원적인 것이리라 믿는다.

가령 이런 것이다. 모든 생명은 세계를 감각한다. 그 감각 속에서 자신을 느끼고, 그로부터 자신을 결정한다. 생명을 유지함에 있어 필요한 기초적인 결정들에서부터 세계에 대한 감각은 뿌리깊이 박혀 있다. 그리고 이건 단순히 생명 유지에 대한 기초적인 결정들에만 머무르는 것이 아니라 보다 고차원적인 결정들이 세계에 대한 감각 속에서 정초된다. 우리는 누구인가, 어디로 향하는가, 어디에 있는가, 우리는 스스로를 무엇이라 말할 수 있는가 등등. 무수히 쌓아놓은 질문이 겹치고 겹쳐지는 자리에 뭉툭하게 만져지는 중첩의 지점을 우리는 자아라 부른다.

이렇게 이야기를 쌓아놓고 보면, 사랑은 어디에도 기거할 자리가 없는 것 같다. 맞다. 사랑은 이곳에 자리할 곳이 없어 보인다. 우리는 손쉽게 '사랑'을 인간의 구성에 있어 근원적이라 생각하고, 그러한 주장에 쉽사리 동의하면서도, '사랑'이 기거하는 근원적인 자리에 대해 알지 못한다.

가을비는 소나기처럼 세차지도 못하고
암사내처럼 쭈뼛거린다

단풍에 지쳐 구멍 뚫린 뼈들은
낡아진 코트 자락의 주름처럼 상처로 가득하고

스스로 헐벗어가는 나무는
화려한 도시의 쓸쓸한 배경이 되어간다

깊은 생채기들은 문 앞에서 서성이다
사라지는 계절 속으로 몸을 밀어 넣는다

―「가난한 11월에 대한」 전문

여기, 우리 앞에 놓인 한 권의 시집을 보자. 시인은

거듭해서 사랑에 대해 이야기하겠노라 선언한다. 그런데 이상하다. 이 시집에서 사랑이라는 단어는 좀처럼 쉽게 내뱉어지지 못한다. 오히려 사랑이라는 말은 내뱉어지기보다는 감춰지고 숨겨지는 것처럼 보인다. 특히 사랑이 스스로의 몸을 감추는 것은 삶 속에 녹아든 자연이라는 베일을 통해서인 것처럼 느껴진다. 위의 시를 보자. 시인은 가을비 내리는 한 풍경을 삶으로부터 잘라내어 언어로 조각해놓았다. 나무는 스스로의 잎을 떨어뜨려가고, 여름의 열기는 가을비 속에서 점차 식어간다. 사람들의 옷차림도 서서히 바뀌어가는 간절기 속에서, 나무도 스스로의 몸피를 벗고 추운 시간을 보낼 준비를 한다. 모든 생명이 겨울을 버티기 위해 스스로를 벗어내고 쓸쓸하게 조각되어가는 풍경, 추위를 견디기 위해 스스로의 무게를 덜어내는 이 시간에 시인은 '가난'이라는 수식어를 붙여둔다.

생명이라는 관점에서는 자연스럽고 당연한 풍경 앞에 붙여진, 너무나 인간적인 감각. 그 풍경에 대해 '가난'이라는 수식어가 따라 붙는 것이 누군가는 자연스러운 일이라 느끼겠지만, 그건 너무 인간적인 일인지도 모른다. 생의 관점에서 바라보자면, 저 풍경은 '가난'이 아니라 겨울을 견디고 버티기 위해 치르는 준비의 시간이며 언제고 피어날 봄을 위해 스스로를 견디고 채비하는 인고의 시간일 것이기 때문이다. 그럼에도 불구하고 우리가 이 자연스러운 섭리에 앞서 '가난'이라는 말에 자연스러움을 느끼는 까닭은, 그건 저 풍경 속에 스스로를 감춘 어떤 감정 때문일 것이다.

그렇다. 저 풍경이 가난한 풍경으로 우리에게 다가올 수 있는 것은 시인이 그토록 사랑을 노래하겠다 선언하였으면서도 저 풍경에는 사랑이 자리할 곳이 존재하지 않기 때문이다. 역설은 바로 이 지점에서 시작되는데, 시인이 『문득, 사랑』 시집을 통해 거듭 말해온 사랑이 문득 스스로를 감추는 순간 사랑은 보다 큰 존재감으로 우리에게 다가오게 된다. 그렇기에 이 시에서 '가난'이라는 말은 단지 경제적이고 물질적인 상태가 아니라, 다른 시에서 나타나는 사랑의 무게와는 다른 편차의 감정적 상태를 가리키게 된다. 이 말은, 이 자연스러운 생의 한 토막이 이중적 의미를 구성하는 구조를 말하며, 시인이 사랑이라는 말을 우리 앞에 현현하게 만드는 방법론이기도 하다.

우리는 흔히 사랑이라는 것이 말로 전해질 때 온전해질 수 있는 것이라고 믿는다. 말이라는 것이 시간과 감정 속에서 손쉽게 바스러지는 것임에도 불구하고, 우리는 말로 내뱉어져야만 그것을 믿고 행한다. 그러나 사랑이란 조금 이상한 측면이 있는데, 그것은 어떠한 말로도 온전하게 우리의 바깥으로 꺼내어질 수 없다는 점이다.

먼 곳에 걸린 흰 구름이 몰고 온 낯선 바람
쏟아질 듯 울어대는 풀벌레 소리
천을 따라 평화롭게 노니는 물오리 떼

말장난에 미소만 내어주던 나를 기억하는지
개울가에 나란히 앉아 익숙한 날들을 내던지며
서로를 확인하던 시간을 불러내고 싶어

개울물 흐르는 소리 따라
물이 내는 파장이 흐르면

네 심장에 깊이 저장된 나를
잠깐 꺼내어 너에게 보여주고 싶다

　　　　　　　－「중랑천을 걸으며」 전문

「중랑천을 걸으며」 보고 느끼는 풍경과 감정을 노

래하고 있는 위의 시를 살펴보자. 여기에서 화자는 평화로운 일상의 풍경을 바라보며 지난 시간을 회상한다. 그 회상 속에서 주된 대상의 위치를 점유하는 것은 '너'라는 사랑의 대상이다. 그러나 여기에서도 화자는 그때의 시간을 가리켜 대상을 향해 '사랑해' 직접적으로 말하기보다는 그 시간을 다시금 나의 시간 속으로 소환하고 싶다고 말한다. 그리고 이 시의 마지막 구절에서, 화자는 그러한 자신의 감정을 앞선 표현들로 전부 표현할 수 없다는 것을 직감하듯, 다음과 같이 말한다. "네 심장에 깊이 저장된 나를/잠깐 꺼내어 너에게 보여주고 싶다"라는 표현이 그것이다. 예컨대 여기에서 사랑이란 감정은 차마 다 말해질 수 없는, 인간의 정서에 뿌리 깊게 박혀있는 상흔이자 열매와도 같은 것처럼 느껴진다. 그렇기에 화자는 자신이 그때 '너'를 얼마나 사랑했었노라 말하는 대신, '너'라는 대상이 기억하는 그 시간 속의 '나'를 꺼내어 보여주고 싶다고 소망한다.

다시금 앞서의 질문으로 돌아가 보자. 여기에서 사랑은 지난 시간 속, 헤어진 연인의 마음속에 존재하는 것처럼 그려지지만, 그것은 또 더 이상 나의 것이 아닌 누군가에게 예속되어 바쳐진 예물처럼 느껴지기도 한다. 사랑이 감정이라면, 그것은 '나'의 내면에 속하는 것이라 할 수 있을 텐데, 여기에서 사랑은 흡사 '나'의 것이 아닌 것처럼 느껴진다. 그렇다면 '나'의 사랑은 어디에 기거하는 것일까.

몇 차례 지나가던 봄비에
맨몸을 적시는 꽃잎들
가지 끝에 매달린 저 눈물들
서로 사랑한다면
언제라도 봄날이라 속삭였던 시간이
흐릿해지기 시작하자
바삭한 햇살과 함께 연초록도 짙어지고
가슴 한편에 싹을 틔우던
봄도 뚝뚝 떨어지는 중이다

－「봄이 뚝뚝」 전문

봄의 풍경을 노래하고 있는 이 시에서, 화자는 봄비 내리는 풍경을 바라보며 지난날의 사랑을 떠올린다. 흡사 위의 시편들과 유사한 구도를 택하고 있는 것 같은 이 시에서 우리가 주목해야 하는 것은 풍경이 정경情景이 되는 과정이라 할 수 있다. 풍경이 인간의 눈에 비친 경치나 전망, 혹은 어떤 상황에 대해 묘사하는 것이라면, 정경은 그러한 풍경을 자신의 내면을 경유하여 내놓은 것으로써 일종의 정서적 풍경이라 할 수 있다. 하나의 풍경이 시인에 따라 다른 정경으로 묘사되는 것이 당연한 까닭은 여기에서 시인은 자신의 눈에 비친 풍경을 자신의 눈과 내면을 거쳐 사랑의 풍경으로 다시 내놓는다. 중요한 것은 바로 이것이다. "몇 차례 지나가던 봄비에/맨몸을 적시는 꽃잎들"은 그 자체로 사랑이 아니며, 사랑이 스스로를 운신하는 자리도 아니다. 저 자리가 사랑의 정경이 될 수 있는 것은 오직 화자의 눈과 내면을 경유하는 한에서이다.

그러니 이 시인에게 있어 '사랑'이란 물질적인 것도, 혹은 '말'을 통해 확증될 수 있는 것도 아니다. 오히려 시인에게 있어 '사랑'이란 자신이 세계를 바라보는 방식이며, 자신의 영혼에 깊숙하게 새겨진 상흔과도 같은 것이다. 그것이 시인에게 세계의 풍경을 사랑의 정경으로 감각할 수 있게 만들며, 시인은 그러한 세계에 대한 감각 속에서 자기 자신을 느낀다. 그에게 있어 세계란 사랑 없이는 아무런 의미도 가질 수 없는 무정형의 덩어리에 불과할 따름이며, 오직 사랑이라는 방식을 경유해서만 모든 풍경이 제각기 의미를 가질 수 있게 되는 것이다. 그러니 사랑이란 단지 감정이나 대상을 향한 애착, 혹은 물질적이거나 '말'의 일종인 것이 아니다. 그것은 보다 근원적인, '나'가 세계를 바라보는 방식을 형성하는 일종의 기제에 가깝다.

그러나 시인이 누차 이야기하고 있듯, 이러한 설명도 사실 부정확한 것이다. 사랑은 좀처럼 말해질 수 없고, 확고하게 표현될수록 스스로의 모습을 의미의 세계 뒤편으로 숨기고 만다. 이 시집에서 사랑이 과거의 것으로 드러나거나 혹은 현실의 풍경 뒤로 자신의 모습을 자꾸만 감추는 까닭이 여기에 있다. 그렇기에 이 시집에서 화자는 사랑한다 말하는 대신 사랑의 눈으로 다시 써진 세계의 역사를, 그렇게 정경이 된 풍경의 모습을 세심하게 그려낸다.

이름 모를 풀잎 향 머금은 그 길을 걷는 동안
싱그러운 바람과 귀를 간지럽히는 새소리는
먼 기억 속의 너를 불러내
작은 꽃잎을 열어 제 향기를 온통 내맡긴다

호수 담은 하늘에 겨우 매달린 여러 개의 구름
오래전 사랑에 서툴렀던 그대와 나처럼

만나고 헤어지기를 반복하며
가을은 순조롭게 깊어간다

마음 연한 이들에게 위로가 되는 좁은 길 위로
늘어진 그림자와 보폭을 맞추다 보면
조심스레 스며들던 외로움의 무게는
점점 야위어가는 햇살과 길게 눈 맞춤을 한다

오지 않을 사람을 그리워하는 것보다
더 서럽고 낯설어지는 것은
물기 가득하던 열정의 시간과 풍경들 너머로
다시 사랑에 빠진 나를 발견하는 일이다

– 「우이령을 걷다」 전문

　　화자는 위의 시에서 '우이령'이라는 한정된 시공간
에 대한 기억을 이야기한다. 그 기억을 여는 것은 자
연의 풍경이고 그 풍경은 '나'의 내면에 각인된 '사랑'
의 기억을 불러일으키며, 그 속에서 세계는 사랑의 정
경으로 다시 셈해진다. 우리가 이 시에서 주목해야 하
는 것은 바로 이 부분, '반복'이다. 연인의 시간은 비
록 과거의 것으로 남겨지게 되었다 할지라도, 풍경이
정경이 되는 시인의 감각 속에서 시간은 거듭 현재로

소환된다. 시인의 표현을 빌리자면, "호수 담은 하늘에 겨우 매달린 여러 개의 구름/오래전 사랑에 서툴렀던 그대와 나처럼/만나고 헤어지기를 반복하며/가을은 순조롭게 깊어"가는 것처럼, 우리의 사랑도 한시적인 시공간에 머무는 것이 아니라 거듭 현재화되고 깊어진다. 지나간 사랑을 거듭 이야기하고 기억하고자 노력하는 것이 다만 애처롭거나 서글프기만 한 것이 아닌 까닭이 여기에 있다. 비록 연인의 역사는 끝이 났다 할지라도, 사랑은 그 한정 속에 기거하는 것이 아닌 '나'의 눈에 깃들어 있는 것이기에, 우리가 현재 속에서 사랑을 다시 느끼는 한 사랑은 계속해서 이어지며 깊어진다. 오히려, 그 한정된 시간 속에서보다 더욱 깊게.

그렇기에 화자는 이 시의 마지막 연을 다음과 같이 장식한다. "오지 않을 사람을 그리워하는 것보다/더 서럽고 낯설어지는 것은/물기 가득하던 열정의 시간과 풍경들 너머로/다시 사랑에 빠진 나를 발견하는 일이다". 연인들의 역사가 기억의 저편으로 멀어져 가는 속에서도 '사랑'을 망각하는 것이 아니라 그것을 거듭 발견하고 새기고 다시 셈하는 일은 혼자의 일이라서 슬프고 처연할 수밖에 없지만, 그러한 행위를 통해서만 사랑은 계속 이어질 수 있는 것이다. 화자의 이 슬프고 처연한 역사란 곧 사랑이 죽지 않고 계속해서 숨 쉴 수 있도록 자신의 삶을 내어주는 일이라 할 수 있다. 때문에 이 풍경은 슬프고 처연하다 말하기엔 부족하다. 오히려 이것은 우리가 흡사 신적인 존재를 향해서만, 혹은 숭고한 무언가를 바라볼 때 느끼는 '거룩함'의 정서에 비견될 필요가 있다.

꽁꽁 얼었던 빗장 풀고 한걸음 내디뎠다

아침 해가 기지개를 켜기 시작하자
지난밤 뒤척거리던 파도 사이로
혹, 비릿한 바람이 뒤따라 들어섰다
해변에 늘어선 횟집과 횟집 사이
이방인처럼 내걸린 옷가지와 짭조름한 수건
겨울바람보다 더 시린 고단함이 박제되어 있다
난파선 같은 삶 속에서도 일상이 꼿꼿하다는 것은
어디서든 살아내고 있다는 흔적
해풍이 드나들어 부스럭거리는 몸에는
검은 갯골이 혈관처럼 퍼져 있고
굵은 밧줄에 묶인 배들은 바다를 향해 있다

―「거룩한 일상」 전문

화자는 여기에서도 풍경 속을 걷고 있다. 그리고 이 풍경은 앞서 이야기했던 것과 같이 화자의 내면을 경유하여 그려진, 사랑으로 셈해진 풍경이라 할 수 있다. 여기에서는 낡은 해변과 항구의 풍경이 화자의 눈을 경유해 우리에게 주는 감정이란, "이방인처럼 내걸린 옷가지와 짭조름한 수건", 혹은 늘어서고 고단하게 박제된 것과 같은 메마름이다. 해풍에 삭고 졸아들어 버린 풍경이란 예컨대 지나간 사랑의 시간을 이어가기 위해 소모된 화자의 감정 상태를 그려내는 것과도 같다 할 수 있다. 그럼에도 화자가 여기에서 주목하는 것은 사랑을 지속하기 위해 소모되는 '나'의 마음과 정서적 빈곤이 아니다. 그러한 자신에 대한 이야기 대신에 화자가 내놓는 것이란, 저 메마른 풍경 속에 감춰진 꼿꼿함에 대한 것들이다. 혈관처럼 퍼져 맥동하는 자연의 심상과 낡고 바스러짐에도 여전히 바다를 향해 있는 굵은 밧줄에 묶인 배들은 시간의 풍파에 옛 자신의 모습을 잃어가고 있음에도 여전히 자신의 목적을 향해 스스로의 맥박으로 고동치고 있는 중이다.

비록 시인의 의도는 아니겠으나, 나는 이러한 정경에 대해 화자가 지속하는 사랑의 행위를 빗대어 말하고 싶은 심정이 든다. 이미 기억에서만 존재하게 된, 그러나 여전히 화자의 눈에 새겨져 있는 상흔과도 같은 사랑이란, 시간적 마모를 통해 점차 사그라지게 될 운명에 처해있다. 그러나 화자는 그것을 그리 손쉽게 마모되지 않게 만들겠다는 듯 거듭 자신이 바라보는 풍경 속에 사랑을 다시 새기고 셈한다. 이러한 행위는 시간의 풍파로 인해 화자 자신의 내면조차 마모되게 만들지만, 그럼에도 불구하고 화자는 거듭 사랑을 향해 자신의 눈과 몸을 돌린다. 우리의 일상이 거룩할 수 있는 것은 바로 이러한 경우에 한에서이다. 시간의 풍파에 마모되어 가는 정신 속에서, 거듭 자신의 목적을 향해 스스로를 투신하는 것. 저물어가는 시야 속에서 '사랑'이라는 상흔을 결코 놓치지 않는 것. 바로 그것이 시인의 삶을 거룩하게 만들어주는 유일한 원인이다.

사그랑이 취급을 당해도
계절과 사람 사이에서 정직한 나무는
스쳐가는 바람 한 점도 흘려보내지 않고
멀리 있는 햇살까지 끌어들인다

신비함을 듣고 찾아온 젊은 남녀가

경외를 벗고 실망한 채 돌아서지만
위태로운 모습으로 자리를 지키는 노목은
버무린 차가운 시멘트에게 심장을 내어준다

어지럼증 받아 낼 시린 지팡이
사방으로 짚고도
오달진 품위를 지켜줄 생명 돋우려
여전히 나볏하게 숨구멍을 열고 있다

　　　　　　　　　　－「방학동 은행나무」 전문

　그리고 여기에는 한 가지 역설이 더 숨겨져 있다.
확언될 수도 없고 다만 우리의 시야 속에 머물 뿐인
사랑이지만, 그렇기에 사랑은 우리에게 세계의 순환
과 섭리를 조심스레 꺼내어 보여준다. 이 시집을 이곳
에 이르기까지 예의주시하며 읽은 독자라면, 시인이
바라보는 풍경이 사계절의 순환과 맞닿아있음을 알고
있을 것이다. 그리고 그 풍경이 우리가 평소 이야기하
는 계절의 모습과 닮아 있으면서도 어딘가 생경함을
숨기고 있음 또한 느끼고 있을 터이다. 예컨대, 정형
화된 계절의 풍경이 시인의 시선을 거쳐 생경한 자연
의 섭리를 숨기고 있는 풍경으로 변화하는 것. 그것이

바로 시인이 가진 사랑의 위대한 힘이라 할 수 있다. 역설은 바로 이 지점에서부터 시작된다. 우리에게 너무나도 익숙한 일상의 풍경은 사랑의 시선 속에서 다시 감각되고 셈해지며 우리의 생에 차이를 발생시키는 반복을 이뤄낸다. 그렇기에 시인이 그려내는 풍경은 우리가 느끼는 일상과 닮아있으면서도 다르다. 그것은 다만 일상인 것이면서, 단지 일상인 것이 아니라 거듭 사랑이 피어나고 지고 이뤄지고 맺어지며 계속해서 지속되는 풍경인 셈이다.

하늘은 침묵을 깨고, 봄비는 내리고, 온 산야를 충동질하고, 꽃봉오리 수줍게 흔들고, 꽃은 피어오르고, 사랑은 시작되고,

-「문득, 사랑」 전문

그리고 그 풍경은 보다 시원적인 의미를 담고 있다는 점을 강조하고 싶다. 윤채원시인이 표현하고자 했던 '사랑'이란, 「문득, 사랑」이라는 시가 담고 있는 것처럼 모든 것이 시작되는 세계의 근원이기 때문이다. 사랑의 시작이 세계 속 모든 사물들의 시작과 함께하듯, 그것은 단지 두 인간의 에로스적 감정만을 지칭하

는 것이 아니라 모든 시작이 가능하게 만드는 조건이
다. 이 시원적인 것으로서의 '사랑'에 대한 찬사야말
로 윤채원 시인이 그 풍경들을 통해 궁극적으로 말하
고자 했던 바라고 할 수 있을 것이다. 비록 그 사랑이
「겨울나무 2」에서 표현하고 있듯 때로는 안타깝게 느
껴진다 할지라도, 그것은 곧 모든 것의 시작이기에 견
디고 버텨야만 하는 순간이기도 하다.

　　고요해서 더욱 은은해지는 강가에서
　　정갈함이 묻어나는 쓸쓸함을 만나고 싶어

　　어둠에 대한 두려움이 사라진 지 이미 오래
　　강물 소리에 귀 기울이다
　　먼지가 되어 날아다니던 시어들을 붙잡고
　　수줍어하던 날들이 내게도 분명히 있었지

　　나만을 위한 시간에
　　영감(靈感)이 내 곁을 떠나 북받쳐오는 날에도
　　나를 아프게 했던 그 사람을 용서하고
　　내가 아프게 했던 그 사람이 날 용서할 수 있게
　　초연하게 달려가고 싶은 날이지

　　세상과 세상 사이엔 바람이 불고

세상과 세상 사이엔 내가 있고

달빛이 스며드는 강가를 거닐고 있어

−「모노드라마」 전문

그와 같은 시인의 정체를 마주하고 나면, 우리는
이제 『문득, 사랑』이라는 이 시집을 달리 볼 수 있는
또 하나의 관점을 갖게 된다. 예컨대, 인간의 관계에
서 형성되는 정서적 계기로서의 '사랑', 혹은 이상적
인 결합에 대한 비유로서의 '사랑'만이 아닌, 모든 것
의 시작이라는 시원적 계기로서의 '사랑'이라는 또 다
른 관점 말이다. 『문득, 사랑』이라는 시집이 사랑에
대해 말하면서 독특한 울림을 획득하는 것은 바로 이
러한 관점을 통해서일 것이다. 그러니 우리는 「모노
드라마」와 같은 시를 읽으면서, 그 안에서 단지 '현
재'의 내가 느끼는 정동에만 귀 기울이는 것만으로는
부족하다. 우리는 이와 같은 정동, 혹은 견딤의 시간
이 과연 어떤 미래를 향해 열려있는가에 대해서도 귀
를 기울여야만 한다. 모든 것의 '열림'을 가능케 하는
미래적 시간으로서의 '사랑'. 모든 슬픔과 모든 견딤
과 모든 떨림은 바로 이 미래적 시간을 향한 시적 지

향을 위해 준비된 감정이었던 셈이다. 그러니 이 사랑
은 다만 사랑인 것이면서, 단지 사랑이라 말하기엔 넘
쳐흐르는 감정이다. 모든 것의 시작을 위해 예비된 시
원으로서의 풍경, 바로 그것이 이 시집이 당신에게 전
달하는 '사랑'의 모든 것이니 말이다.